Misión a Marte

adaptado por Wendy Wax
basado en guión original de Robert Scull
ilustrado por Warner McGee

SIMON & SCHUSTER LIBROS PARA NIÑOS/NICK JR.
Nueva York   Londres   Toronto   Sydney

Basado en la serie de televisión *Nick Jr. The Backyardigans*™ que se presenta en Nick Jr.®

SIMON & SCHUSTER LIBROS PARA NIÑOS
Publicado bajo el sello editorial de la División Infantil de Simon & Schuster
1230 Avenue of the Americas, New York, New York 10020
© 2006 Viacom International Inc. Traducción © 2006 Viacom International Inc. Todos los derechos reservados.
NICK JR., *Nick Jr. The Backyardigans* y todos los títulos relacionados, logotipos y personajes son marcas registradas
de Viacom International Inc.
Todos los derechos reservados, incluido el derecho a la reproducción total o parcial en cualquier formato.
SIMON & SCHUSTER LIBROS PARA NIÑOS y el colofón son marcas registradas de Simon & Schuster, Inc.
Publicado originalmente en inglés en 2006 con el título *Mission to Mars* por Simon Spotlight, bajo el sello editorial de
la División Infantil de Simon & Schuster.
Traducción de Argentina Palacios Ziegler
Fabricado en los Estados Unidos de América
Primera edición en lengua española, 2006
10 9 8 7 6 5 4 3 2 1
ISBN-13: 978-1-4169-1567-6
ISBN-10: 1-4169-1567-2

Uniqua, Pablo y Austin estaban en el patio posterior.

—¡Yo soy la comandante de misión Uniqua! —dijo Uniqua—. Me estoy preparando para despegar en una misión a Marte.

—¡Yo soy el astronauta a cargo de los asuntos científicos! —dijo Pablo.

—Yo estoy a cargo de todo el equipo que debemos llevar —dijo Austin.

—Aquí el control de misión —les dijo Tyrone a los astronautas—. De Marte nos llega una señal extraña. Escuchen esto: "*¡Boinga, boinga, boinga!*"

—Tripulantes del transbordador espacial, tienen que averiguar qué es ese ruido —dijo Tasha.

—¡Afirmativo! —respondió la comandante Uniqua.

—Buena suerte, astronautas —dijo Tyrone—. Nos comunicaremos con ustedes desde la Tierra.

—Conforme, control de misión. ¡Transbordador espacial listo para despegue! —informó la comandante Uniqua.

Tyrone llevó la cuenta regresiva. —¡Cinco . . . cuatro . . . tres . . . dos! ¡Despegue a Marte!

El transbordador espacial subió, subió y subió, más allá de la luna y alrededor de las estrellas.

—¡Veo a Marte! —gritó Pablo.

—¡De veras que es rojo! —dijo la comandante Uniqua—. ¡Control de misión, nos estamos acercando a Marte y estamos listos para el aterrizaje!

—¡Felicitaciones, tripulantes del transbordador! —dijo Tasha en el control de misión—. ¡Ustedes son los primeros astronautas en llegar a Marte!

—¡Aquí, chico! —llamó Austin en el transbordador espacial.

Apareció R.O.V.E.R., un vehículo de seis ruedas y un brazo robótico. Estaba cargado con importantes suministros. ¡R.O.V.E.R. tenía aspecto de perro, ni más ni menos!

—Con todo este equipo, estamos listos para cualquier cosa —dijo Austin.

—¡Escúchame, comandante! —dijo Tasha desde la misión de control. —¡La señal nos está llegando otra vez!

Boinga, boinga, boinga! se oyó por el radio emisor y receptor.

—Averigüen de dónde sale ese ruido, tripulantes del transbordador —dijo Tyrone.

—¡Conforme! —dijo la comandante Uniqua. Montaron en R.O.V.E.R. y se fueron.

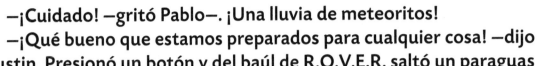
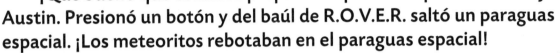

—¡Cuidado! —gritó Pablo—. ¡Una lluvia de meteoritos!

—¡Qué bueno que estamos preparados para cualquier cosa! —dijo Austin. Presionó un botón y del baúl de R.O.V.E.R. saltó un paraguas espacial. ¡Los meteoritos rebotaban en el paraguas espacial!

—Está cayendo una lluvia de meteoritos pequeños —informó Uniqua al control de misión.

De repente, unos meteoritos gigantes empezaron a caer alrededor de los astronautas.

—¡Tripulantes del transbordador, busquen refugio en el acto! —ordenó Tyrone—. Repito: ¡Busquen refugio!

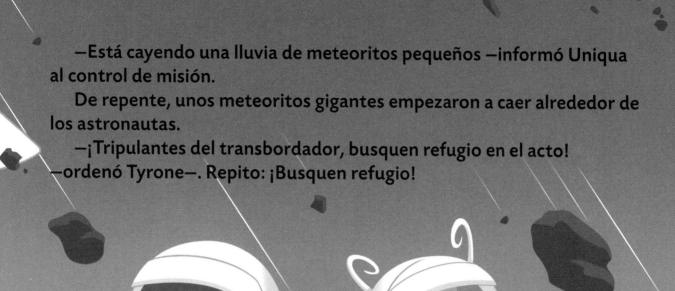

Los astronautas lograron meterse en una cueva y se encontraron en la saliente de un abismo.

—Quién sabe lo hondo que es esto —dijo la comandante Uniqua.

—Sin duda es muy pero muy hondo —dijo Pablo.

—Entonces nos regresamos —dijo la comandante Uniqua—. No quiero que se pierda el contacto con el control de misión.

Pero antes de que pudieran irse a ninguna parte, la saliente se rajó y se partió.

—¡AHHH! — gritaron la comandante Uniqua, Pablo y Austin cuando se precipitaban en la oscuridad.

Descendieron, descendieron y descendieron los astronautas. Por fin cayeron de golpe en un lago subterráneo.

—¡Perdimos a R.O.V.E.R.! —gritó Austin.

—Lo encontraremos, Austin —dijo la comandante Uniqua—. ¿No recuerdas que estamos preparados para cualquier cosa?

Luego trató de llamar al control de misión. No se oía más que estática.

Mientras tanto, Tyrone y Tasha también oían sólo estática.

—¡Hemos perdido a nuestros astronautas en Marte! —dijo Tyrone tristemente.

—¡Pero ellos están preparados para cualquier cosa! —le recordó Tasha.

—¡Estamos en una misión! —les recordó la comandante Uniqua—. Los astronautas nunca se rinden. Síganme.

Fueron saltando de roca en roca—hasta que ya no quedaban más rocas.

—¿Y ahora qué hacemos? —preguntó Pablo.

De repente vieron un sendero de burbujas en el agua.

—¿Qué es *eso*? —preguntó Austin.
¡Justo en ese instante, R.O.V.E.R. saltó del agua!
—¡R.O.V.E.R.! —gritó Austin—. ¡Puedes flotar!
Los astronautas lo abordaron y se dirigieron a la orilla distante.

En la orilla se encontraba una ciudad subterránea.

—¡Aquí habitan marcianos! —dijo la comandante Uniqua—. Vamos a investigar más de cerca.

Los astronautas salieron de R.O.V.E.R. y subieron por una escalera que los llevó a una casa.

Tocaron el timbre. ¡Un marciano pequeñito abrió la puerta!

—¡*Boinga!* —dijo el marciano con una risita.

—¡Seguramente que *'boinga'* quiere decir 'hola'! —dijo Austin muy emocionado. Luego siguieron al pequeño marciano hacia el interior de la casa.

El marciano tomó el teléfono y marcó un número. Entonces le pasó el teléfono a Uniqua. ¡El marciano había llamado a Tyrone en el control de misión!

—¡Tyrone, hemos descubierto la fuente del sonido! —gritó la comandante Uniqua—. ¡Es un marciano que te ha estado llamando todo este tiempo!

—¡Sorprendente! —dijo Tyrone—. ¿Cómo se llama?

—¿Cómo te llamas? —le preguntó la comandante Uniqua al pequeño marciano.

—¡*Boinga!* — contestó él.

—Tú sí que dices y dices *'boinga'* —dijo Pablo.

—¡Nosotros decimos *'boinga'* para casi todo! —dijo el pequeño marciano.

De repente, un marciano gigante apareció entre las sombras.

—¡*Boinga*, mami! —dijo el pequeño marciano.

—¡*Boinga*, cariño! —dijo la mami marciana—. *Boinga*, terrícolas. Me temo que tenemos que acostarnos. Pero sírvanse regresar en cualquier momento.

—¡Así lo haremos! —dijo Uniqua.

Entonces Uniqua tomó el teléfono y habló al control de misión.

—¡Misión cumplida! —anunció Uniqua—. ¿Qué sigue?

—¡Regresen a la Tierra! —dijo Tasha—. ¡Es hora de una merienda!

Austin, Uniqua y Pablo se reunieron con Tyrone y Tasha en el patio posterior.

—¡Ésa sí que fue una aventura marcianeja —dijo Tyrone.

—¡Seguro que sí! —dijo Uniqua—. *¡Boinga, boinga, boinga!*

—*¡Boinga, boinga, boinga!* — gritaron los otros mientras se dirigían hacia adentro en busca de su merienda.